Gulliver al país de Lil·liput

Col·lecció Exprés

Aquesta obra segueix les directrius internacionals de l'IFLA (*International Federation of Library Associations and Institutions*), que estableix pautes quant a forma, llenguatge i contingut per tal que els textos puguen també ser compresos per persones amb certes dificultats lectores. El logo LF l'atorga l'Associació Lectura Fàcil.

© **Text:** Eugènia Salvador i Agnès Toda (adaptació)
© **Il·lustracions:** Eva Garcés
© **D'aquesta edició:** Tàndem edicions
C/ Sant Vicent, 93-1a • 46007 • València
T 963 172 047 • F 963 172 201
tandem@tandemedicions.com
www.tandemedicions.com

Correcció lingüística: Alfatara Serveis Lingüístics i Editorials
Disseny i maquetació: Estudi Paco Bascuñán
Coordinador col·lecció: Xavier Blanch
Direcció editorial: Rosa Serrano
Imprimeix: Ma•lanch Impresores
1a edició: octubre 2009
ISBN: 978-84-8131-860-9
Dipòsit legal: V-3358-2009

Gulliver al país de Lil·liput

Jonathan Swift

Versió d'Eugènia Salvador i Agnès Toda

Il·lustracions: Eva Garcés

TÀNDEM

edicions

Índex

1. Passió per viatjar

Vaig nàixer l'any 1675, al comtat de Nottingham,
situat al centre d'Anglaterra.
La meua família vivia en una casa al camp.
Jo era el tercer de 5 germans.

Quan tenia 14 anys, em van enviar
a un col·legi de **Cambridge.**
M'agradava molt estudiar,
però al cap de tres anys vaig haver de deixar-ho,
perquè el meu pare no tenia prou diners
per seguir pagant-me els estudis.
Va aconseguir que un metge molt important de Londres,
el doctor Bates, m'agafara com a aprenent.
Mentre treballava per al doctor Bates
vaig estudiar i llegir molt.

Jo volia ser metge, però també desitjava viatjar.
Llegia llibres de medicina i uns altres de navegació,
de matemàtiques i de tots els temes
que pensava que em serien útils per a aprendre a navegar.
Estava segur que algun dia podria embarcar-me
per anar a conéixer països llunyans.

Cambridge és una ciutat situada a uns 80 quilòmetres al nord-est de Londres, coneguda per les seues universitats.

Els llibres que més m'agradaven
eren els que explicaven com era i com vivia la gent
en països que jo no coneixia.
Quan tenia diners, comprava llibres.
Però amb els pocs diners que m'enviava el pare
no podia comprar-ne molts.

Després de quatre anys vaig tornar a casa.
Gràcies al pare i a uns altres parents,
vaig aconseguir reunir prou diners
per anar a estudiar medicina
a la ciutat de Leyden, al sud d'Holanda.
En acabar els estudis vaig tornar a Londres.
El doctor Bates, el meu antic professor,
em va aconseguir feina a bord d'un vaixell, l'*Oreneta*.

Vaig navegar durant tres anys i mig
i vaig visitar molts països.
Després vaig tornar a Londres per treballar com a metge.
El doctor Bates m'enviava pacients seus,
de manera que tenia feina assegurada.

Vaig llogar una casa i un temps després
em vaig casar amb una jove, Mary Burton,
filla d'un fabricant de calcetins.

El seu pare ens va donar 400 lliures de regal de noces.

Dos anys després, el meu amic i mestre,
el doctor Bates, va morir.
Sense els pacients que ell m'enviava,
cada dia tenia menys feina.
Vaig haver d'embarcar-me una altra vegada
per guanyar-me la vida.

Vaig fer diversos viatges, a Amèrica i a l'Índia
i vaig guanyar molts diners.
Sempre que podia, llegia llibres dels millors autors,
dels antics i dels moderns.
I quan baixava a terra,
em fixava en els costums de la gent del país
i intentava aprendre'n l'idioma.
En vaig aprendre uns quants,
perquè tinc molt bona memòria.

Després de sis anys, altra vegada vaig cansar-me de la mar
i vaig decidir tornar a casa amb la família.
Ens vam traslladar a un barri de Londres
que estava al costat del riu Tàmesi,
on arribaven vaixells d'arreu del món.
Sempre hi havia molta activitat.
Quasi tots els homes d'aquell barri
treballaven carregant i descarregant vaixells.

Vaig pensar que allí devien necessitar un metge
i que tindria molts pacients.
Però no va ser així.
Vaig treballar allà durant més de tres anys,
però vaig guanyar molts pocs diners.
No podia mantenir la família
i vaig embarcar-me novament com a metge
en un altre vaixell, l'*Antílop*.
Aquest vaixell anava en direcció a les illes del Mar del Sud.
En deien així d'unes illes
que hi havia al sud de l'oceà Pacífic,
a l'est d'Austràlia.

2. Rumb als Mars del Sud

El 4 de maig de 1699, vam eixir de Bristol,
un port del sud-oest d'Anglaterra.
Ens vam dirigir al sud,
per passar el cap de Bona Esperança,
a l'extrem sud de l'Àfrica, i tombar després a l'est,
rumb cap a l'oceà Pacífic.

Els primers mesos vam tenir bon oratge.
Però quan ja ens apropàvem a Austràlia,
l'oratge va canviar completament.
Feia fred, el cel estava ennuvolat i plovia molt.

Aleshores ens va sorprendre una forta tempestat.
El vent bufava fort i aixecava onades tan altes
que més d'una vegada van estar a punt de bolcar el vaixell.

Al matí del dia 5 de novembre
el temps va empitjorar encara més.

El vent bufava més fort que mai, plovia,
i no podíem veure cap on anava el vaixell.

12 mariners van morir per un excés d'esforços
i mala alimentació.
La resta vam sobreviure, però estàvem molt dèbils.

De sobte, un dels homes va veure
que ens apropàvem ràpidament a unes roques.
Però no podíem fer res per a evitar-ho.
El vent era massa fort.

3. Naufragi

El vaixell va xocar violentament contra les roques,
que van obrir un gran forat en un dels costats,
per on entrava l'aigua.
Va començar a afonar-se.

Corríem en totes direccions sense saber què fer.
Cinc homes i jo
vam aconseguir baixar una barca a l'aigua.
Hi vam pujar i vam començar a remar
per allunyar-nos de les roques.
Aviat vam veure com l'*Antílop* s'enfonsava.

Calcule que vam remar unes deu **milles**.
Ja no podíem més; estàvem morts de cansament.
El vent empenyia contínuament la barca cap a les roques,
tot i els nostres esforços per allunyar-nos-en.

De sobte, un fort colp de vent va tombar la barca.
Tots vam caure a la mar.
Mai més no he tornat a veure els companys de la barca
ni tampoc els que es van quedar al vaixell.

Una **milla** és una unitat de mesura de distàncies utilitzada als països anglosaxons.
La milla nàutica equival a 1.852 metres.

Vaig nadar i nadar, deixant-me portar per les onades.
De tant en tant provava de tocar fons amb els peus,
però no hi arribava.
Estava tan esgotat que em vaig rendir
i vaig deixar de nadar.

M'anava afonant i quan ja pensava que moriria ofegat,
els peus van tocar el fons!
Vaig començar a caminar.

Mentrestant, la tempestat s'havia anat calmant.
El fons era molt poc inclinat
i per a arribar a la costa
vaig haver de caminar ben bé una milla.

Quan vaig eixir de l'aigua
calcule que devien ser al voltant de les 8 de la vesprada.
Vaig caminar uns 500 metres terra endins
sense trobar ningú ni cap casa.
Potser estava massa dèbil per a veure-hi res.

Tenia son i estava molt cansat.
Feia una temperatura agradable
i el terra estava cobert d'una gespa curta i suau.
M'hi vaig estirar i de seguida em vaig quedar adormit.

4. Em fan presoner

Vaig dormir profundament, potser unes 9 hores,
perquè quan em vaig despertar tot just clarejava el dia.
Vaig intentar posar-me dret,
però no em podia moure.
M'havia adormit de panxa enlaire,
i em vaig trobar amb els braços i les cames lligats al terra.

Els cabells, llargs i espessos,
també els tenia subjectats al terra.
Notava com si estiguera lligat amb unes cordes molt fines.
Només podia mirar cap amunt.

El sol va eixir prompte. Era calent i brillant.
Com que no podia girar el cap, em feia mal a la vista
i no em deixava obrir els ulls.

Sentia molt de soroll al meu voltant,
però no podia girar el cap per mirar què passava.

Després d'una estona,
vaig notar alguna cosa a la cama esquerra
que avançava cap al pit
i que se'm situava prop de la barbeta.

Era alguna cosa viva, que es desplaçava suaument
per damunt del meu cos.
Vaig abaixar la mirada tant com vaig poder
i vaig veure que era un ésser humà diminut.

Devia fer uns 15 centímetres d'alçària.
A les mans, hi portava un arc amb una fletxa
i tenia més fletxes en una bossa que duia a l'esquena.
Després vaig notar que uns quants homenets més
escalaven el meu cos.
Devien ser uns 40.

No podia creure el que veia.
Sorprés i aterrit, vaig cridar fort
i els vaig espantar tant que van arrancar a córrer.
Uns quants van saltar al terra i es van fer mal.

Però ben aviat van tornar a enfilar-se'm al damunt.
Un d'ells se'm va acostar molt a la cara
i va parlar amb una veu alta i clara,
però jo no entenia la seua llengua.
Els altres van repetir les mateixes paraules.

Jo estava molt inquiet
i vaig començar a fer força
per deslliurar-me de les cordes que em lligaven.

Vaig trencar-ne unes quantes
i vaig arrancar del terra alguns dels pals
on estaven subjectades.
Així vaig aconseguir que el braç esquerre em quedara lliure.
També vaig girar amb força el cap a la dreta
i algunes cordes que me'l subjectaven es van afluixar.

En veure que intentava alliberar-me'n,
algú va començar a donar ordres cridant.
I van començar a disparar-me fletxes
que se'm clavaven com agulles a la cara i a les mans.
Vaig notar-ne ben bé unes 100.
Feien molt de mal.

Vaig cridar de dolor,
tot cobrint-me la cara amb el braç esquerre,
i vaig intentar trencar les cordes
que encara m'immobilitzaven.
Però aquelles criatures
no paraven de llançar-me fletxes i llances.

Per sort, la jaqueta que duia era d'una roba molt gruixuda
i les llances i fletxes no la travessaven.
Vaig decidir quedar-me quiet fins que arribara la nit.
Pensava que quan es fera fosc
em podria deslliurar de les cordes
amb el braç esquerre que tenia lliure.
En veure que no em movia, van deixar de disparar-me.

5. Em donen menjar i beure

Després d'això vaig començar a sentir
uns colps a pocs metres,
com si picaren amb martells.
Potser van estar picant durant una hora.

Quan vaig girar el cap tant com vaig poder,
vaig veure que havien construït una plataforma de fusta
de mig metre d'alçària.
Sobre la plataforma hi havia quatre homes.
Un d'ells va començar a parlar.

No podia entendre res, però semblava que es dirigia a mi.
Algunes vegades les seues paraules semblaven amables,
d'altres vegades, amenaçadores.

Després de parlar, va donar unes ordres
i uns cinquanta homes van tallar les cordes
que em lligaven el cantó esquerre del cap.
Vaig poder girar-lo i observar l'home
que acabava de fer el discurs.

Era un home d'edat mitjana.

Un dels que l'acompanyaven
li sostenia la cua de la capa,
i els altres dos s'estaven al costat, per a ajudar-lo.

Vaig intentar parlar amb ell,
però ell tampoc no m'entenia.

Feia molta calor, i jo tenia gana i set.
Amb el dit vaig assenyalar-me la boca
i l'home va entendre-ho.
Va donar unes ordres i de seguida van portar unes escales
que em van posar contra el cos.

Més de 100 homes van pujar amb cistelles plenes de menjar.
En cada cistella hi havia cuixes, lloms
i espatlles de diferents animals,
molt ben guisats,
però cada peça era més menuda que l'ala d'un ocell.
Me'n menjava 2 o 3 tot d'una.
Les peces de pa no eren més grans que una bala.
S'afanyaven tant com podien per alimentar-me.
Estaven molt sorpresos de veure la gana que tenia
i de tot el que arribava a menjar.

Vaig fer gestos per mostrar que també tenia set.
Va semblar que m'entenien,
però no tenien tasses o gots prou grans per a mi.
Al final van trobar la solució:
em van fer rodolar fins a la mà una gran bóta de vi
de la qual van fer saltar la tapa.

Vaig beure'm el contingut de la bóta d'un sol glop.
Era un vi de bona qualitat.

Em van anar a buscar una altra bóta
i la vaig tornar a buidar ràpidament.
Després vaig moure el cap per mostrar-los que en volia més,
però ja no els quedaven més bótes!

Semblaven estar contents que m'haguera acabat tot el menjar.
Cantaven i ballaven sobre el meu pit.

Tenia ganes d'agarrar-ne uns 40 o 50 amb la mà
i llançar-los a terra,
però vaig preferir no fer-ho.
Ells havien estat molt amables i generosos amb mi
i tampoc no volia que em tornaren a llançar fletxes i llances.

6. Preparatius per a traslladar-me

En acabar de menjar
vaig notar que algú se m'enfilava pel peu
i em caminava pel cos
fins a situar-se'm al costat de la cara.

Em va posar davant dels ulls
un paper que duia un segell amb una corona.
Vaig comprendre que era un enviat del rei.
Després vaig saber que l'anomenaven emperador,
perquè pensaven que el seu país
era tan gran i poderós com un imperi.

Darrere d'aquell homenet, en venien 12 més.
Ell va començar a parlar alt i clar,
i amb el dit assenyalava terra endins.
Vaig comprendre que em volien dur allà on vivia el rei,
a la capital del regne.

Vaig assenyalar les cordes que em lligaven tot el cos,
perquè comprenguera que volia que m'alliberaren.
Però ell va moure el cap d'un costat a l'altre, com dient que no.
Estava clar que jo era el seu presoner.

Em vaig enrabiar i vaig pensar a trencar les cordes.
Però temia que em tornaren a disparar.
Ara n'eren molts més que abans.
Les ferides de les fletxes em feien molt de mal
i encara en tenia unes quantes de clavades a les mans i a la cara.

Per tant, vaig mostrar-me disposat
que em portaren on volien.
Era el seu presoner.

L'enviat del rei es va retirar.
Em van afluixar les cordes del costat esquerre
i vaig poder tombar-me sobre el costat dret per orinar.
En comprendre allò que anava a fer,
tots es van apartar per evitar el gran torrent de líquid
que va eixir de mi.
Vaig quedar molt alleujat.

Després em van fregar les ferides de les mans i la cara
amb un oli que feia molt bona olor
i que em va calmar el dolor.

Després de menjar, de beure i que em curaren les ferides
em trobava molt millor.
Tenia molta son i vaig adormir-me una altra vegada.
Temps després,
vaig saber que m'havien posat alguna cosa al vi,
algun somnífer, per a fer-me dormir.
Volien portar-me davant del rei, a la capital del regne,
i es volien assegurar que no m'hi resistiria.

7. Gent amb enginy

És per això que mentre dormia
van posar-me al costat una gran plataforma.
Era de fusta i mesurava més de 2 metres de llarg
per 1 d'ample.
S'alçava a uns 7 centímetres del terra
i la desplaçaven sobre 22 rodes.

Setmanes més tard em van explicar
que l'emperador havia manat construir-la
tan prompte va saber que m'havien trobat prop de la platja.
Més de 500 enginyers i fusters hi van treballar
i la van tenir a punt en 4 hores.

Aquells homes eren molt llestos i molt bons enginyers,
com vaig saber després.
Podien fabricar màquines de tota mena
que funcionaven molt bé.
Construïen els seus propis vaixells als boscos
i els traslladaven fins a la mar en carruatges
que també fabricaven ells.
Alguns dels seus vaixells de guerra
mesuraven prop de 3 metres de llarg.

Ara volien utilitzar aquella gran plataforma,
la més gran que mai no havien construït,
per a transportar-me fins a la ciutat!
La dificultat principal era alçar-me
i col·locar-me damunt de la plataforma.

Per fer això m'havien embenat el cos
amb unes bandes de teixit molt resistent
i al voltant meu havien clavat 80 pals
d'uns 30 centímetres d'alçària,
separats uns 20 centímetres entre si.

En cada pal havien subjectat una corriola,
una roda sobre la qual lliscava una corda.
En un extrem de cada corda hi van lligar un ganxo
que van clavar a les bandes que m'embolicaven.

Prop d'un miler dels homes més forts de què disposava el rei
es van posar a estirar les cordes per alçar-me el cos.
Van estirar i estirar, i en menys de 3 hores
van aconseguir posar-me damunt de la plataforma.

Tot això m'ho van explicar després,
perquè jo continuava profundament adormit,
per l'efecte del somnífer.

1.500 dels cavalls més grans que tenia el rei,
cada un d'uns 10 centímetres d'alçària,
van començar a estirar la plataforma
on jo anava adormit.
La capital del regne estava a uns 500 metres de distància.

Quan feia unes 4 hores que viatjàvem
un petit incident em va fer despertar.

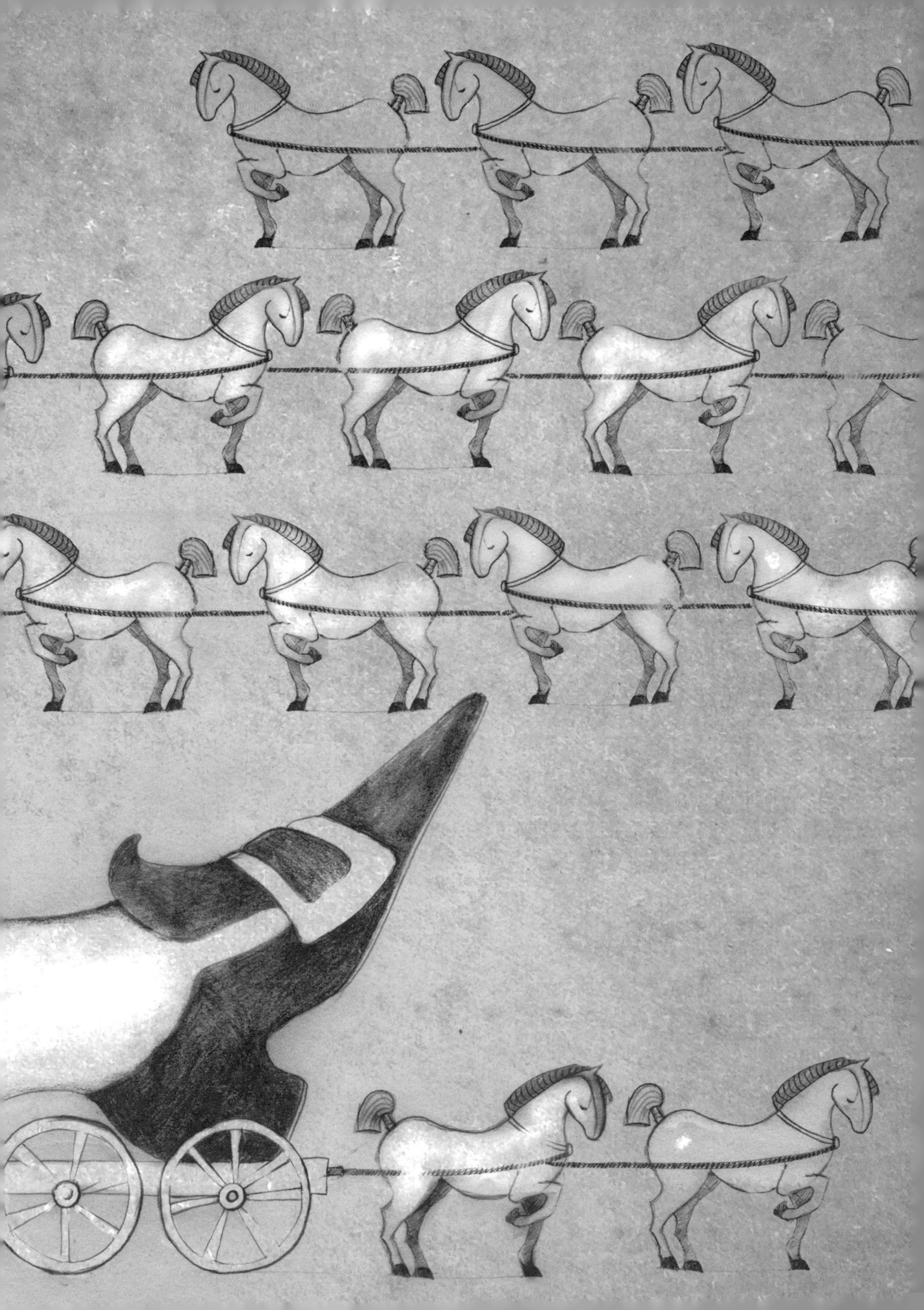

Mentre estàvem aturats arreglant alguna cosa
que no funcionava bé en el carruatge,
dos o tres joves van pujar-me damunt.
Volien veure com dormia.

Un d'ells em va introduir la punta de la llança al nas
i em va provocar un fort esternut que em va despertar.
Els joves se'n van anar corrents a amagar-se.
Aleshores em vaig adonar que em transportaven
sobre aquella plataforma.

Després d'arreglar el carruatge vam reemprendre la marxa.
Vam caminar tot el dia, encara que molt a poc a poc.
Quan es va fer de nit, vam parar.
La majoria de la gent se'n va anar a dormir,
però 500 soldats van quedar-se al meu costat, per vigilar-me.
La meitat d'ells duien torxes enceses per a fer llum,
l'altra meitat fletxes i llances per a clavar-me-les
quan em moguera.

L'endemà al matí, tan aviat com el sol va eixir,
vam reemprendre la marxa.

8. Arribem a la ciutat

Cap al migdia vam arribar a la ciutat,
que estava envoltada d'un mur.
Vam aturar-nos a uns 200 metres de l'entrada principal.
L'emperador, acompanyat de la família i de la cort,
les persones que vivien a palau
i que molt sovint l'acompanyaven,
ens va venir a rebre.
Van desaconsellar-li, però, que se m'enfilara al damunt.
Deien que era massa perillós.

En un costat del camí, hi havia un antic temple,
que era l'edifici més gran de tot el regne.
Feia molts anys,
algú havia estat cruelment assassinat en aquell temple.
Des d'aleshores, ningú no va voler anar-hi a resar.
Van traure tot el que hi havia dins de l'edifici
i ara no l'utilitzaven per a res.

L'emperador va decidir que jo viuria allí.
La porta principal de l'edifici
feia més d'1 metre d'alçària i 60 centímetres d'amplada,
de manera que jo podia entrar-hi i eixir-ne fàcilment.

A cada costat de la porta hi havia una finestra menuda.
Al costat d'una d'aquestes,
hi havien clavat 91 cadenes de ferro.
Eren cadenes d'un gruix semblant a les que, a Europa,
algunes senyores porten per subjectar el rellotge al vestit.
Van envoltar-me la cama esquerra amb les cadenes,
que van tancar amb cadenats.
Jo seguia lligat amb cordes a la plataforma
que m'havia transportat fins a la ciutat.

A l'altre costat del camí, a uns 6 metres del temple,
hi havia una torre d'un metre i mig d'alçària.
L'emperador i part de la cort
van pujar-hi per poder mirar-me.
Calcule que al voltant d'unes 100.000 persones
es van acostar a veure'm,
i que unes 10.000 van pujar-me al damunt,
amb l'ajuda d'escales de mà.

Els soldats intentaven evitar-ho,
però hi havia massa gent i massa pocs soldats.
En adonar-se d'això,
l'emperador va ordenar que mataren qualsevol persona
que intentara escalar-me.

Després d'encadenar-me la cama,
van tallar les cordes que em mantenien lligat a la plataforma.

Em vaig posar dret i tots van cridar sorpresos.
Sabien que era gran,
però quan van veure que em posava dret i caminava
encara els vaig semblar més gran.

Les cadenes que em subjectaven la cama esquerra
feien uns dos metres de llarg.
Em permetien moure'm en semicercle
i entrar a quatre grapes dins del temple.
A dins hi havia prou espai per a estirar-me al terra.

9. L'emperador em ve a visitar

Estava content perquè aquella gent em tractava molt bé,
encara que em trobaren molt gran i els semblara perillós.
M'havien donat menjar i beure,
m'havien curat les ferides,
em deixaven viure en un temple i m'havien deslligat.
Però estava trist perquè continuava presoner.

En posar-me dret
vaig poder contemplar un paisatge d'allò més variat.
Tot el país semblava un jardí.
Els camps del voltant, d'uns 12 metres quadrats cada un,
estaven plens de flors.
També hi havia molts boscos.
Els arbres més alts no arribaven als 2 metres d'alçària.
A la meua esquerra, la ciutat semblava el decorat d'un teatre.

L'emperador va baixar de la torre
i se'm va acostar muntat a cavall.
El pobre animal estava molt espantat.
Saltava i s'alçava sobre les potes del darrere,
però l'emperador sabia muntar molt bé i no va caure.

Els servents van córrer per tranquil·litzar el cavall
i ajudar l'emperador a desmuntar.

Va caminar al voltant meu mentre m'observava,
sense acostar-se'm massa.
Va ordenar que em portaren menjar i beure.
Els cuiners ja ho tenien a punt
i van portar-m'ho en uns carretons.
Vaig buidar-ne 20 de plens de menjar i 10 de beguda.
Amb 2 o 3 mossos en buidava 1.

La dona de l'emperador, l'emperadriu,
i els fills, els prínceps,
seien en unes cadires una mica allunyats de mi.
Quan l'emperador va baixar del cavall,
va anar a seure amb ells.

L'emperador era una mica més alt que els seus súbdits.
Tenia el cos ben proporcionat i es movia amb elegància.
El rostre mostrava que era fort i valent.
Tenia 28 anys i era emperador des d'en feia set.
La majoria de la gent estava molt contenta de com governava.

Duia uns vestits senzills,
que eren una barreja de moda europea i asiàtica.
Portava una corona d'or, adornada amb joies i una ploma.
Sostenia una espasa a la mà per defensar-se de mi
si partia les cadenes i l'atacava.
L'espasa feia uns 7 centímetres,
el mànec era d'or i tenia incrustats diamants.

Aquella vesprada l'emperador i jo vam intentar conversar.
Enraonava a poc a poc, però jo no l'entenia,
i ell tampoc comprenia les meues paraules.

Vaig provar amb les diferents llengües que sabia: alemany, francés, espanyol, italià i llatí. Però ningú no era capaç d'entendre'm.

Unes 2 hores més tard l'emperador se'n va anar seguit de la família i de la cort.

10. Tothom em vol veure

Van deixar molts soldats per a vigilar-me.
Molta gent se'm va anar acostant.
La majoria només em volien veure.
Però alguns van disparar-me fletxes,
i una se'm va clavar molt a prop de l'ull.

Un oficial va ordenar agafar sis homes
que m'havien estat molestant.
Els soldats els van lligar les mans al darrere
i me'ls van acostar perquè jo decidira com castigar-los.
Em vaig posar cinc homes a la butxaca
i vaig fer veure que volia menjar-me el sisé.

El pobre home es va posar a cridar de terror.
Els soldats també es van espantar
en veure que agarrava la navalla.
Pensaven que volia tallar aquell pobre home.
Però només vaig tallar la corda que li lligava les mans
i el vaig deixar anar.

Després vaig posar suaument sobre el terra
els altres cinc homes que tenia a la butxaca.

També els vaig deixar marxar.
Se'n van anar corrents.

La gent i els soldats van agrair-me que els perdonara la vida
i ho van explicar a tothom.

Quan es va fer fosc vaig entrar al temple per dormir.
No vaig dormir massa bé, perquè el terra era dur.
Dues setmanes més tard, em van regalar un llit.
Van haver d'utilitzar 600 matalassos,
repartits en 4 capes perquè el llit fóra prou tou.
També em van portar llençols, coixins i mantes.

11. Sóc un problema

La notícia de la meua arribada
es va estendre per tot el regne.
Tothom venia a la capital per veure'm,
i els pobles van quedar quasi buits.

Això era un problema, perquè si els llauradors no treballaven,
aviat no tindríem menjar.

Per això l'emperador va ordenar
que tots els qui ja m'havien vist se'n tornaren a casa.
Els que em volgueren tornar a veure,
havien de pagar un impost
si s'acostaven a menys de 50 metres de casa meua.
Gràcies a això, el govern va ingressar molts diners.

Els dies passaven
i l'emperador es reunia sovint amb els consellers
per parlar dels problemes que jo els creava.
Pensaven que menjava molt,
i que per culpa meua es quedarien sense aliments
i la gent passaria gana.
Els llauradors no podien produir prou menjar per a tots.

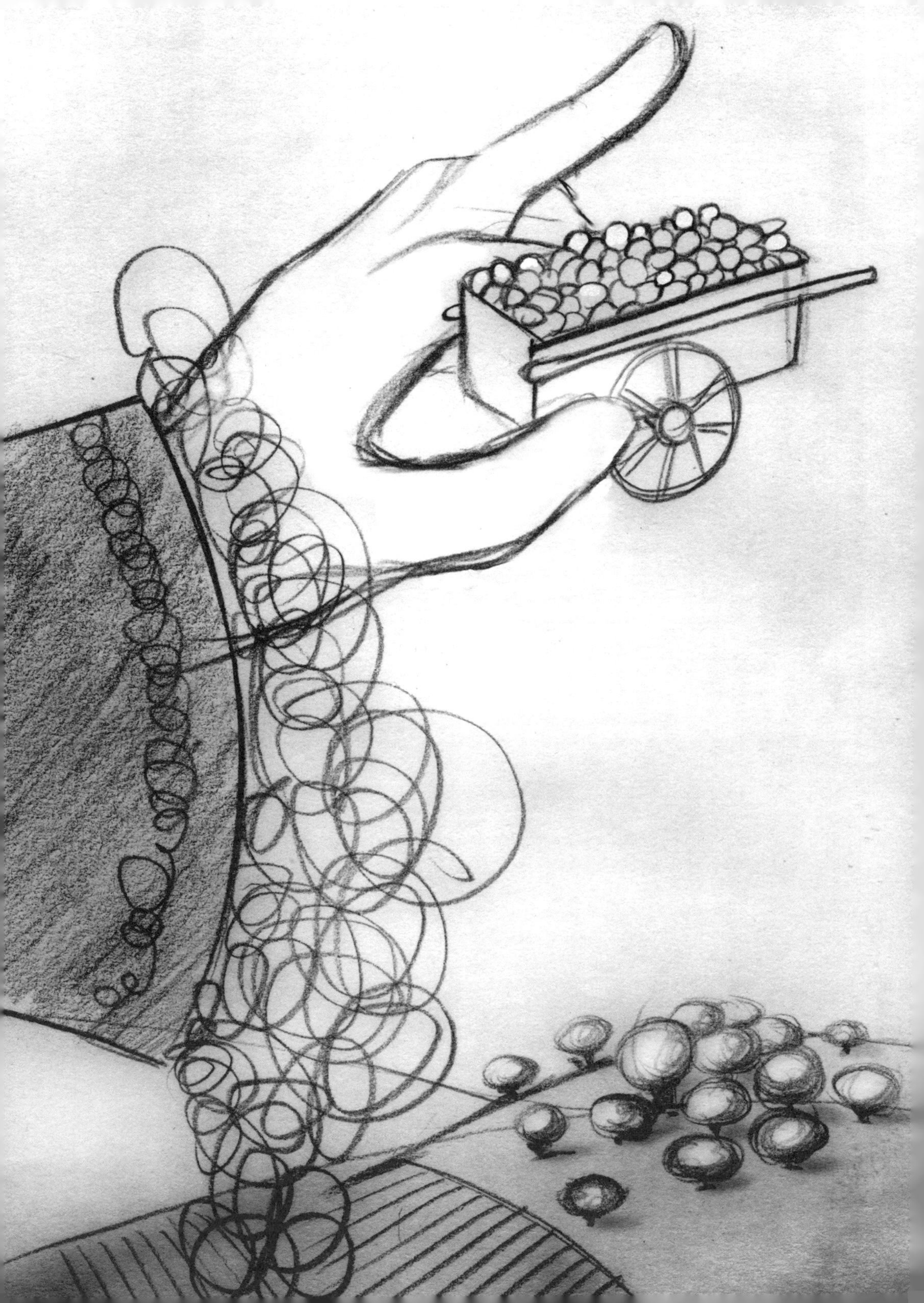

Temps després vaig saber que van parlar de matar-me,
llançant-me fletxes enverinades
o deixant-me morir de gana.

Però s'ho van repensar, perquè si moria,
tindrien un altre problema:
què farien amb el meu cos?
Tardarien molt a cavar un forat prou gran per a enterrar-me.
Prompte el cos es podriria, faria una pudor insuportable
i podria provocar infeccions a tots els habitants del país.

També vaig saber després
que mentre discutien si m'havien de matar o no,
un d'ells va explicar a l'emperador
que havia deixat en llibertat els 6 homes
que m'havien atacat.

En sentir això, es van adonar
que no era tan perillós com es pensaven
i van decidir que em seguirien alimentant.

L'emperador va ordenar als habitants dels pobles del voltant
que em portaren menjar.
Cada matí m'havien de portar 6 vaques, 4 ovelles,
pa, vi i altres aliments.
Va prometre que el govern els ho pagaria tot.

Va designar 600 persones per a servir-me,
que van anar a viure en tendes
al costat de la porta de casa meua.
300 sastres em feien la roba,
d'acord amb la moda d'aquell país.
I sis dels més bons professors m'ensenyaven la llengua.

Després de tres setmanes,
coneixia un poc el seu llenguatge.
Vaig saber que aquell país es deia Lil·liput
i que la capital era Milendo.

L'emperador em visitava sovint i ja podíem conversar.
Cada dia m'agenollava davant seu
i li demanava que em deixara lliure.
Però sempre em contestava: «Encara no puc fer-ho.
Has de prometre'm que vols viure en pau amb nosaltres
i que t'esforçaràs perquè tothom tinga bona opinió de tu.
T'hem cuidat molt bé
i nosaltres també volem que sigues amic nostre.»

Jo creia que seria el presoner d'aquella gent
durant la resta de la meua vida.

12. L'escorcoll

Un dia l'emperador em va demanar permís
perquè els seus oficials m'**escorcollaren**.

Volia comprovar que no portava res perillós a les butxaques.
L'emperador em va dir:
—La llei diu que ho han de fer dos oficials,
però necessiten el teu permís.
Ajuda'ls i no els faces mal.
Si els oficials et prenen res,
t'ho tornarem quan te'n vages del país
o t'ho pagarem al preu que tu digues.—

Dos oficials se'm van acostar.
Els vaig agafar i els vaig anar posant
a les diferents butxaques,
excepte en una de secreta que tenia als pantalons.
Allí hi guardava coses que em podien ser útils
i no volia que me les prengueren.

Els dos homes van escriure en un tros de paper
el nom de les coses que anaven trobant.
Al costat hi posaven per a què creien que servien.
Quan van acabar van donar el paper a l'emperador.

Escorcollar vol dir examinar a fons per a veure si hi ha cap cosa amagada.

Això és el que van escriure:

«Hem revisat la butxaca dreta
de l'abric de l'Home Muntanya.
(Crec que aquest és el significat de *Quinbus Flestrin*,
que és tal com ells m'anomenaven.)
Només hi hem pogut trobar una peça de roba molt llarga.
És prou gran per a cobrir el terra d'una habitació del palau.
Pensem que deu ser el mocador de l'Home Muntanya.»

«A la butxaca esquerra hem trobat una capsa llarga,
feta d'un metall brillant i pintada de color blanc.
Pensem que el metall deu ser plata.
Hem preguntat a l'Home Muntanya com obrir la capsa.
Hi havia molta pols a dins.
Un de nosaltres s'hi ha introduït i ha fet volar part de la pols
que ens ha fet esternudar una vegada i una altra.»
(Aquesta pols era tabac.)

«En una altra butxaca hem trobat diferents làmines
fetes d'alguna cosa rígida i blanca.
Cada làmina és tan gran com tres homes.
Estaven totes subjectades amb una corda gruixuda.
A les làmines hi havia algunes marques negres i estranyes,
hem pensat que l'Home Muntanya
les deu utilitzar per a escriure.
Cada marca és tan gran com la meitat de les nostres mans.»
(Eren els sobres, a l'interior dels quals
hi havia algunes cartes.)

«Hem trobat un tipus de màquina que té uns 20 pals llargs
al final d'un altre pal més llarg i gruixut.
Semblaven les tanques del voltant del jardí de Sa Majestat.
No sabem de què està feta aquesta màquina.

Sembla feta d'ossos. Si fóra així,
provindrien d'un animal més llarg que l'Home Muntanya.
Deu ser l'estri que utilitza l'Home Muntanya
per a pentinar-se.»

«A la butxaca dreta de la seua roba de cames
(ells no coneixien la paraula pantalons)
hi hem trobat una llarga peça de metall,
com una columna, buida per dins.
Té la mateixa alçària, més o menys, que un de nosaltres.
Hi ha dues peces més de metall fixades en aquesta màquina
i totes les peces estan subjectades a una altra peça de fusta.
No sabem com funciona aquesta màquina o per a què serveix.
N'hi ha una altra a la butxaca esquerra.»
(Aquestes eren les meues pistoles.)

«A la mateixa butxaca hi ha unes peces llargues de metall.
Són redones i planes com plats.
Algunes són blanques
i unes altres són d'un color entre roig i marró.
Tenen diferents mides.
En algunes es pot veure gravada la cara d'un home.
Són molt pesades i no podem alçar-les fàcilment.»
(Eren les meues monedes de plata i de coure.)

«També hi ha el que semblen dues columnes
negres i aplanades;
dins de cada una hi ha una gran planxa
d'un metall molt dur i lluminós, que segurament és acer.
L'Home Muntanya ens ha dit
que una d'aquestes peces la utilitza per a tallar el menjar.
L'altra, per a tallar-se els pèls de la cara.»
(Es tractava de la meua navalla i de la meua fulla d'afaitar.)

«D'una de les butxaques li penja una cadena de plata
al final de la qual hi ha una bola esclafada.
Una meitat està feta de plata
i l'altra meitat d'un estrany metall transparent.
Podem veure-hi perfectament a través d'aquest metall.
La màquina fa un soroll similar als batecs del cor.
Potser conté un déu de la religió de l'Home Muntanya.
Pensem que conté un déu
perquè l'Home Muntanya diu que abans de fer res
sempre mira aquesta màquina.
Sembla que li marca el temps per tot el que fa.»
(Era el meu rellotge.)

«A la part oposada de la butxaca hi ha una gran bossa.
Està plena de peces fetes d'un metall groc.
L'Home Muntanya deu ser molt ric
si aquestes peces són d'or.» (Les meues monedes d'or.)

«Al voltant de la cintura,
l'Home Muntanya porta un cinturó
fet de la pell d'algun animal desconegut per nosaltres.
Del cinturó li penja una espasa
llarga com sis homes.»

«Hem trobat una altra bossa
que penjava de l'altre costat del cinturó de l'Home Muntanya.
Està dividida en dues parts,
cada part és tan gran que hi caben tres o quatre homes.
En un costat hi ha boles d'un metall molt pesant.
Cada bola és tan gran com el cap d'un home
i molt difícil d'alçar.»
(Eren les bales de les pistoles.)
«A l'altre costat hi hem trobat una pols negra.»
(Era la pólvora per a la pistola.)

«Això és el que hem trobat al cos de l'Home Muntanya.
L'Home Muntanya ens ha ajudat
a revisar-li les butxaques.
Ha estat molt educat amb nosaltres
perquè sabia que som oficials de l'emperador.»

13. Se'm queden les armes

Després de llegir tot això,
l'emperador em va demanar amb molta amabilitat
si podia donar-li el que m'havien trobat a les butxaques.
Primer de tot va voler veure l'espasa
i em va demanar que la traguera de la beina.
Com que no es refiava de mi,
va ordenar que 3.000 soldats m'envoltaren
amb els arcs i les llances a punt per si l'atacava.

L'espasa s'havia rovellat en alguns punts per l'aigua de la mar,
però encara brillava molt.
La vaig moure una miqueta
i va brillar com el foc en tocar-li la llum del sol.
Els soldats es van espantar i van cridar molt fort.

L'emperador, que era un home molt valent, no s'havia espantat.
Va dir que tornara a posar l'espasa dins de la beina
i que la deixara al terra.

Després em va preguntar per «la columna buida per dins.»
Es referia a la pistola.
Volia saber com funcionava i per a què es feia servir.

La vaig traure de la butxaca i vaig explicar-li-ho,
però no ho va entendre massa bé.
Allí ningú no sabia què eren les pistoles.

Vaig dir que podia disparar-la si ell volia
i va donar-me permís per a fer-ho.
Vaig posar pólvora a la pistola,
però no hi vaig posar cap bala per no ferir ningú
i vaig disparar a l'aire.
Amb el soroll, centenars de persones van caure al terra
com si s'hagueren mort.
L'emperador no va caure,
però durant una bona estona va fer cara d'espantat.

Vaig deixar la pistola al terra, al costat de l'espasa,
els vaig donar la bossa amb la pólvora i les bales
i els vaig demanar que no acostaren la pólvora a les flames,
perquè era molt inflamable.
Qualsevol espurna de foc podia encendre-la
i destruirien tot el palau de l'emperador.

L'emperador també es va mostrar molt interessat pel meu rellotge.
El sorprenia que el soroll no parara mai.
Li va agradar la busca dels minuts.
Va preguntar a les persones més cultes que estaven amb ell
com pensaven que podia funcionar aquella màquina.
Ells li van donar les respostes més estranyes.

Després li vaig donar
tot el que m'havien trobat a les butxaques:
les monedes, la navalla, la fulla d'afaitar, la pinta,
la capsa de tabac, el mocador i les cartes.
Van portar l'espasa, les pistoles i la pólvora
al magatzem de palau i em van tornar totes les altres coses.

A la butxaca secreta que no m'havien escorcollat
hi tenia les ulleres i una ullera de llarga vista,
que em permetia veure prop les coses llunyanes.
Volia conservar aquests objectes
i per això no en vaig dir res als oficials.

14. Troben el meu barret

Uns quants dies després, va arribar un missatger
per informar l'emperador
que havien vist una cosa molt estranya a la platja,
molt a prop d'on m'havien trobat dormint.
Aquesta cosa era negra, tan alta com un home, i tan llarga,
que podia ocupar una de les habitacions de l'emperador.

Al principi tothom es van espantar,
perquè creien que era d'algun tipus d'animal marí perillós.

Alguns homes s'hi van acostar
i en veure que no es movia,
hi van pujar al damunt.
Es van adonar que per davall estava buit.

Al final van pensar que aquella estranya cosa negra
devia pertànyer a l'Home Muntanya
i per això havien vingut a explicar-ho a l'emperador.

Tan aviat com vaig sentir-ne la descripció,
vaig saber que es tractava del meu barret.

El duia lligat mentre nadava,
però en algun moment em va caure,
potser quan vaig arribar a la platja.

Vaig explicar-los què era i per a què servia
i els vaig demanar que me'l portaren.
L'endemà me'l van fer arribar,
arrossegat per cavalls.

No havia quedat massa malmés,
perquè el camí era suau i cobert d'herba,
tot i que li havien fet dos forats
per subjectar-lo amb ganxos a les corretges dels cavalls.
Però, com a mínim, l'havia recuperat.

15. Les diversions a Lil·liput

Jo sempre em mostrava educat i amable amb tothom.
Prompte em vaig guanyar la confiança de l'emperador,
de la cort i també de l'exèrcit i dels habitants de Lil·liput.
A poc a poc es van anar convencent
que no era una persona perillosa.
Per això confiava que m'alliberaren aviat.

Ara ja no em tenien por.
A vegades m'estirava al terra
i permetia que cinc o sis persones em ballaren sobre la mà.
Els xiquets i les xiquetes jugaven a fet i amagar pel meu cap,
i se m'amagaven entre els cabells.

Ja comprenia quasi tot el que em deien.
Ells també començaven a entendre'm.

Com que l'emperador estava molt content amb mi
em va invitar a alguns dels seus espectacles.

Em va divertir molt un joc de corda.
Es juga sobre un fil blanc i prim,
d'uns 60 centímetres de llarg, subjectat pels 2 extrems.

Els participants han de saltar i ballar sobre la corda
que queda a uns 30 centímetres de terra.

No és un joc per a divertir-se.
Té una altra finalitat.
Només practiquen aquest joc les persones
que volen ocupar un càrrec en el govern
o entrar al servei de l'emperador.
Quan l'emperador busca algú perquè treballe per a ell,
crida 5 o 6 candidats i els fa saltar i ballar sobre la corda.

Tots intenten fer-ho millor que els altres
i és escollit el que salta més amunt sense caure.

Com que els pares volen que els fills
troben feina a palau,
a Lil·liput pots veure arreu
xiquets practicant aquest joc de corda.

Sovint l'emperador ordena als ministres
que salten i ballen sobre la corda davant de tothom,
per a demostrar que no han perdut facultats.
Vaig poder comprovar que Flimnap, el ministre de Finances,
podia saltar més alt que tots els altres.
Reldresal, el ministre de l'Interior, ocupava el segon lloc.

El joc és perillós.
És fàcil caure i trencar-se un braç o una cama.
Per als ministres és encara més perillós,
perquè volen quedar bé davant de l'emperador i salten molt alt.

Hi ha una altra diversió que es fa al saló del tron,
en ocasions molt especials, i només davant de l'emperador,
l'emperadriu i el primer ministre.

L'emperador posa tres fils de seda sobre una taula,
de colors diferents.
L'un és blau, un altre roig i un altre verd.
Aquestes són les recompenses per als 3 millors participants.
Aleshores, l'emperador agafa un bastó
que sosté horitzontalment.
Els que participen en el joc han de saltar per damunt
o arrossegar-se per davall del bastó,
ara endavant, ara enrere, segons on el pose l'emperador.

Han de fer això moltes vegades.
Els tres que ho fan més ràpid i sense fallar
obtenen un fil de color com a premi.

Tothom valora molt aquests premis
i llueixen el fil obtingut enrotllat a la cintura.
A la cort són pocs els qui no han guanyat algun d'aquests fils.

16. Torne a ser lliure

Tot sovint preguntava quan em deixarien lliure
i finalment l'emperador en va parlar amb els consellers.
Quasi tothom va estar d'acord a alliberar-me.
Només l'almirall del regne,
l'oficial que manava la marina de guerra,
hi estava en contra.
M'odiava i jo no sabia per què.

Després de discutir molta estona,
va acceptar que m'alliberaren,
però va imposar la condició de redactar el text
que jo havia de jurar per a ser alliberat.

L'emperador em va venir a veure,
acompanyat dels oficials més importants,
per presentar-me el text i explicar-me
com havia de jurar-lo:
mentre el llegia en veu alta,
havia de sostenir el peu dret amb la mà esquerra,
posar-me el dit del mig de la mà dreta damunt del cap
i, alhora, el dit polze de la mateixa mà
damunt de l'orella dreta.

Aquest era el text:

Primer:
L'Home Muntanya no deixarà el regne
sense permís de l'emperador.

Segon:
No entrarà a la capital sense autorització de l'emperador.
Quan hi vulga entrar, avisarem dues hores abans la gent
perquè es puguen tancar a casa.

Tercer:
L'Home Muntanya ha de fer servir els camins més amples
i no xafarà ni es gitarà sobre l'herba o els camps sembrats.

Quart:
Ha d'anar molt en compte quan camine
per no trepitjar cap persona, animal o carruatge.
No prendrà entre les mans cap súbdit
si aquest no li ha donat permís per a fer-ho.

Cinqué:
Si l'emperador vol enviar un missatge urgent a algú,
l'Home Muntanya ha d'ajudar-lo.
Portarà el missatger i el seu cavall a la butxaca
un màxim de 6 dies.
Després els ha de tornar sans i estalvis.
Si li ho demanen, haurà de fer-ho una vegada per mes.

Sisé:
Ha d'ajudar la gent de Lil·liput
a lluitar contra els seus enemics de l'illa de Blefuscu.
Els ajudarà a destruir els vaixells enemics
que ja estan a punt per a atacar Lil·liput.

Seté:
Ha d'ajudar els nostres treballadors a alçar pedres pesades,
a construir el mur del parc de la ciutat
i altres edificis que l'emperador li encarregue.

Vuité:
Farà la volta a l'illa caminant
i comptarà els passos per a saber la mesura exacta del país.

Si promet fer totes aquestes coses,
l'Home Muntanya tindrà menjar.
Tindrà tant de menjar i tantes begudes
com el que necessiten 1.724 persones.
També podrà visitar l'emperador quan vulga.
L'emperador promet ajudar-lo.

Vaig acceptar-ho tot,
malgrat que algunes de les obligacions
em semblaven excessives.

Després de fer els juraments van venir a llevar-me les cadenes.
L'emperador estava davant mentre obrien els cadenats.
—Vull que sigues un bon servent meu
i del regne de Lil·liput— em va dir.
Com a mostra d'agraïment vaig agenollar-me als seus peus.

Finalment era lliure.

17. Passeig per la ciutat

A partir d'aleshores, cada dia rebia tant de menjar
com m'havien promés.
Vaig voler saber per què em donaven exactament
l'equivalent al que menjaven 1.724 lil·liputencs.
Em van dir que els matemàtics de l'emperador
m'havien mesurat i havien calculat
que dins meu podien cabre 1.724 lil·liputencs.
Per tant, jo necessitava tant de menjar com tots ells junts.
Em va admirar la precisió del seus càlculs matemàtics.

Ara que era lliure tenia ganes de passejar per Milendo,
la capital de Lil·liput.
Vaig demanar permís a l'emperador per a visitar-la
i me'l va concedir.
Van avisar els habitants perquè no passejaren pels carrers
mentre jo hi estava, per evitar que xafara algú.

El mur que envolta Milendo
fa més de 70 centímetres d'alt i 30 centímetres d'ample.
Cada 3 metres hi ha una torre de vigilància.
Vaig arribar fins a la porta principal
i vaig passar-hi per damunt.

No portava l'abric perquè era massa llarg
i podia fer malbé la part alta dels edificis.

Mirava molt bé on posava els peus
per si quedava algú pels carrers.
Milers de persones em contemplaven
des de les finestres o els terrats de casa seua.
Les cases de Milendo tenen entre 3 i 5 pisos.
Són quasi tan altes com jo.

La ciutat té la forma d'un quadrat
i cada costat de la muralla fa uns 150 metres.
Els dos carrers principals, d'1 metre i mig d'ample,
formen una creu que divideix la ciutat en quatre barris.
Hi ha molts altres carrerons,
però jo no podia passar-hi perquè eren massa estrets.

A la ciutat devien viure unes 500.000 persones.
Els mercats i les botigues es veien ben assortits
amb productes molt variats.

18. El palau de l'emperador

El palau de l'emperador està al centre de la ciutat,
on s'encreuen els dos carrers principals.
L'emperador em va permetre caminar pel voltant del palau
i passar a l'interior del mur que l'envoltava.

El palau té diversos edificis, separats per jardins i patis.
Les habitacions de l'emperador i de la seua família
estan a l'edifici situat més a l'interior.
Volia veure aquestes habitacions,
però donen a un pati on no podia arribar
perquè els edificis que hi ha al davant són massa alts.
Tenen 1 metre i mig d'alçària.
Si saltava per damunt potser els destrossaria.

Però l'emperador volia ensenyar-me
les habitacions de palau,
del qual n'estava molt orgullós.

Tot pensant com es podia resoldre el problema
vaig tenir una idea.
Vaig tallar alguns dels arbres més alts
del parc reial i vaig fabricar 2 tamborets alts d'1 metre.

Eren prou forts per aguantar el meu pes.

Tres dies més tard vaig tornar al palau
i, enfilat dalt d'un tamboret,
vaig passar l'altre per damunt les teulades
i el vaig deixar al pati
situat davant de les habitacions de l'emperador.
Així vaig poder posar l'altre peu
sobre aquest segon tamboret,
passant per damunt dels edificis sense tocar-los,
i així arribar a aquell pati.
Vaig baixar del tamboret amb molt de compte.

El pati era molt gran
i vaig poder estirar-m'hi de costat
per mirar l'interior de les habitacions.
Havien deixat les finestres ben obertes
perquè poguera veure-ho tot còmodament.

Eren les habitacions més luxoses que mai no havia imaginat.
Hi vaig veure l'emperadriu amb els joves prínceps
i els seus servents.
L'emperadriu va somriure
i va traure una mà per la finestra
perquè li la besara.
Així vaig fer-ho,
perquè volia ser molt amable i educat amb ella.

Després vaig tornar-me'n a casa.

19. Talons alts contra talons baixos

Unes dues setmanes després, Reldresal,
el ministre de l'Interior, em va venir a veure.
Volia parlar amb mi d'assumptes molt importants
per al regne de Lil·liput.
Vaig proposar-li escoltar-lo ajagut sobre un costat,
perquè així poguera parlar-me ben a prop de l'orella.
Però va preferir que el sostinguera a la mà
mentre parlàvem.

Em va dir que s'alegrava molt que jo estiguera lliure,
i que en part era gràcies a ell,
que havia aconsellat a l'emperador que em deixara anar.
Després em va explicar que passaven algunes coses al país,
de les quals, segurament, jo no en sabia res.
Lil·liput no era un país tan tranquil i feliç com semblava.
Dos grans problemes preocupaven enormement l'emperador.

El primer problema era que des de feia 3 anys,
a l'imperi de Lil·liput
hi havia dos partits fortament enfrontats.
Aquests partits es deien Tramecksan i Slamecksan.
La paraula *mecksan* vol dir taló,
referint-se a la part de baix de les sabates.

Els Tramecksan portaven sabates de taló alt.
Els Slamecksan portaven sabates de taló baix.
Els dos partits s'odiaven.

La gent que pertanyia a un partit intentava no menjar,
beure o parlar amb ningú de l'altre partit.
Els xiquets Slamecksan
no podien jugar amb els Tramecksan;
per això anaven a escoles diferents.
Si un Tramecksan s'enamorava d'una Slamecksan,
tenien problemes amb les famílies.

—Els Tramecksan, o talons alts,
són més propis de les nostres tradicions
i de l'antiga Constitució.
Però l'emperador ha decidit portar talons baixos,
com els Slamecksan,
i també els fa portar als consellers i a totes les persones
que treballen a l'administració —em va explicar Reldresal.
—Quan el tornes a veure,
fixa't en els talons de les sabates de l'emperador.
Fins i tot són uns mil·límetres més baixos
que els de qualsevol dels consellers.

—Sospitem que el príncep hereu
està més a favor dels talons alts
i en porta un de més alt que l'altre —va continuar Reldresal—
de manera que quan camina sembla coix.
Els Tramecksan, o talons alts, en són més que nosaltres,
però nosaltres tenim més partidaris en el govern.

20. Guerra entre imperis

El segon gran problema era la guerra
entre Lil·liput i Blefuscu,
el país del costat.
Reldresal va explicar-me que Blefuscu era també un imperi,
tant o més gran i poderós que el de Lil·liput.
Ell estava convençut
que eren els dos únics imperis de l'univers.

—T'hem de dir —va continuar—
que no ens creiem el que tu expliques,
que hi ha altres regnes habitats per criatures grans com tu,
que podrien destruir en un moment els nostres imperis.
Els nostres savis creuen
que has vingut de la lluna o d'algun estel.
Cap llibre d'història no diu que existisquen al món
altres països habitats,
a banda de Lil·liput i de Blefuscu.

Després de fer-me saber què pensava sobre el país
d'on jo deia venir,
Reldresal va continuar parlant-me
dels problemes de Lil·liput.

—L'emperador està espantat,
perquè els nostres vaixells de guerra són menys grans i forts
que els de la marina de Blefuscu.
I ara Blefuscu es prepara per atacar les costes de Lil·liput.

Reldresal em va explicar
perquè els dos països estaven enfrontats.
Tot va començar un dia que l'avi de l'emperador,
quan encara era un xiquet, va voler menjar-se un ou.
Tothom sap que per a menjar-se un ou,
cal trencar la closca per l'extrem més ample.
Doncs bé, l'avi de l'emperador, en fer-ho d'aquesta manera,
es va fer un tall al dit.

El seu pare va redactar una llei que obligava tothom
a trencar la closca dels ous per l'extrem més estret.

Molts no van voler canviar els costums.
Deien que l'única manera correcta de menjar-se un ou
era trencar-lo per l'extrem més arredonit.
Aquesta era la tradició de Lil·liput
i van continuar fent-ho com sempre.
Deien que l'emperador els havia d'haver consultat
abans de decidir aquell canvi.

Les revoltes contra aquella llei van durar anys.
Un emperador va morir
i un altre va haver d'anar-se'n del país.
Es diu que més de 11.000 persones van preferir morir
abans que sotmetre's i trencar els ous per la part més estreta.

Els reis de Blefuscu, el país veí,
ajudaven els rebels.

Els animaven a lluitar
i els acollien si fugien de Lil·liput.
Per això els dos països estaven enfrontats.

—Hem perdut 40 vaixells de guerra i molts altres de més menuts,
i 30.000 dels nostres millors mariners i soldats—
va continuar Reldresal.
—Els de Blefuscu han tingut pèrdues semblants.
Però ara preparen una gran flota i estan a punt d'envair-nos.
Sa Majestat m'ha ordenat que t'explique totes aquestes coses.
Ell confia en el teu valor i la teua força
i ja que t'hem alliberat, vol que ajudis Lil·liput.

—Digues a Sa Majestat —vaig dir jo,
que faré tot el que puga.
Sóc estranger i potser no hauria d'intervenir,
però estic disposat a lluitar
contra els enemics de l'emperador i del seu país.
Si cal, posaré la meua vida en perill per defensar-los.

21. Atac sorpresa a Blefuscu

L'imperi de Blefuscu era una illa al nord-est de Lil·liput.
Els dos països estaven separats per poc més de 700 metres.

Ningú a Blefuscu no sabia que jo existia.
Mai no m'havien vist i ningú no els ho podia haver dit,
perquè des que estaven en guerra
tenien prohibit parlar amb els lil·liputencs.

Després de pensar molt,
se'm va acudir un pla que vaig anar a explicar a l'emperador.
Aniria fins el port de Blefuscu,
on els vaixells esperaven un vent favorable per fer-se a la mar,
i me'ls enduria.

Els mariners amb més experiència em van informar
que la profunditat del mar entre Lil·liput i Blefuscu
era de poc més d'un metre
i que cap al mig quasi arribava a 2 metres.

Vaig anar cap al nord-est de Lil·liput, i, amagat darrere d'un turó,
vaig traure la ullera de llarga vista de la butxaca dels pantalons
i vaig mirar mar enllà, buscant Blefuscu.

Aviat vaig localitzar la ciutat amb el seu gran port,
on hi havia 50 vaixells de guerra
i altres vaixells de transport.

Vaig tornar a Lil·liput
i vaig demanar cordes i barres de ferro.
Les cordes no eren més gruixudes que un cordill
i les barres de ferro eren com agulles de fer calça.
Vaig haver de trenar les cordes per a fer-les més resistents
i vaig unir les barres de ferro de tres en tres,
retorçant-les entre si
i corbant els extrems com un ganxo.

Vaig fer 50 ganxos, que vaig fixar a 50 cordes.
Els vaig agafar i vaig tornar a la costa.
Em vaig llevar la jaqueta i les sabates
i em vaig ficar a l'aigua per anar cap a Blefuscu.
Tocava fons i podia anar-hi caminant.
Cap a la meitat del camí l'aigua em cobria,
però només vaig haver de nadar uns 100 metres.

En menys de mitja hora vaig arribar al port.
En veure'm es van espantar tant,
que tots van saltar dels vaixells i van nadar cap a terra,
on devia haver-hi unes 30.000 persones.

Vaig clavar un ganxo a la proa de cada vaixell
i vaig nugar les cordes entre si
per poder-les estirar com si en foren una.

Mentre ho feia,
els soldats de Blefuscu em disparaven milers de fletxes.
Moltes em van anar a parar a les mans i a la cara.
Feien molt de mal i no em deixaven treballar amb rapidesa.

Per sort, a la butxaca dels pantalons portava les ulleres
i me les vaig posar.
Així podia protegir-me els ulls.

Aleshores vaig començar a estirar les cordes nugades.
Però els vaixells estaven subjectats per àncores
i no els podia moure.
Vaig haver d'acostar-me al port
i tallar amb la navalla la corda de l'àncora
de cada un dels 50 vaixells.
Altra vegada, desenes de fletxes
se'm van clavar a les mans i a la cara.

Després de tallar les cordes de les àncores
vaig tornar a estirar els vaixells mar endins.
Aquesta vegada vaig poder arrossegar-los sense cap dificultat.
Els habitants de Blefuscu estaven tan sorpresos,
que al principi no podien ni parlar.
En veure'm van pensar que volia destruir els vaixells o enfonsar-los.
Després es van adonar que me'ls enduia cap a Lil·liput
i van començar a cridar i a plorar molt enrabiats.
No puc descriure la seua fúria.

Quan vaig ser prou lluny, fora de l'abast de les seues fletxes,
vaig treure'm les que duia clavades a la cara i les mans
i mig nadant, mig caminant, vaig arribar a Lil·liput.

L'emperador i tota la cort m'esperaven a la costa.
Quan hi vaig arribar,
arrossegant darrere meu tots els vaixells enemics,
no paraven d'agrair-me el que havia fet
i d'elogiar-me davant de tothom.
L'emperador em va nomenar *nardac.*
Era el títol més important del regne,
que es concedia a molt poques persones.

22. L'ambició de l'emperador de Lil·liput

Després, l'emperador em va demanar
que li portara tots els altres vaixells de Blefuscu.
Era ambiciós, com tots els governants,
i volia fer caure l'imperi de Blefuscu
per convertir-lo en una província de Lil·liput.
Així es convertiria en l'únic emperador del món.
Això era, almenys, el que ell es pensava.

També volia anar a matar els exiliats lil·liputencs
que s'havien refugiat a Blefuscu,
i obligar els habitants a trencar els ous
per la part més estreta,
tal com obligava la llei de Lil·liput.

Però jo no volia fer més mal a la gent de Blefuscu.
No volia esclavitzar un poble lliure i lluitador,
i vaig negar-me a fer el que em demanava.

Aquest assumpte es va discutir en el consell de ministres,
i els més sensats van donar-me la raó.
D'altres, que m'odiaven, van parlar en contra meua.
A partir d'aquell dia,
aquest grup va fer tot el possible per destruir-me.

L'emperador no em va perdonar que no l'obeïra.
Ningú no s'havia atrevit mai a portar-li la contrària.
Va oblidar que jo li havia salvat el país de l'enemic
i que li havia portat tots els vaixells de guerra de Blefuscu.
No en tenia prou. Volia que destruira l'enemic completament.
La meua negativa a fer-ho
va estar a punt de causar-me la mort.

Tres setmanes més tard,
van arribar uns ambaixadors de Blefuscu.
Els acompanyaven 500 persones més
i venien per signar un tractat de pau amb Lil·liput.
De seguida van arribar a un acord
que era molt avantatjós per al nostre emperador.

A Lil·liput quasi tothom entenia la llengua de Blefuscu,
encara que eren molt diferents.
Abans de la guerra,
els habitants de les dues illes comerciaven entre ells
i es visitaven els uns als altres.
Les famílies riques enviaven els fills
a estudiar i fer estades llargues a l'altre país,
perquè en conegueren les lleis i els costums.
És per això que qualsevol persona amb estudis
parlava les dues llengües.

Però l'emperador va prohibir als ambaixadors
que s'expressaren en la seua llengua.
Era una forma de demostrar que ell era el vencedor
i que Blefuscu passava a ser una província de Lil·liput.

Jo vaig tenir ocasió de conversar una estona
amb els ambaixadors,
amb un intèrpret que em traduïa el que deien.

Eren gent molt cordial i educada
i em van convidar a visitar el seu país,
cosa que vaig fer unes setmanes més tard,
quan l'emperador em va donar permís.

Després vaig saber que per culpa d'aquest viatge
vaig perdre la confiança de l'emperador.
El grup de consellers que m'odiaven el van convéncer
que volia aliar-me amb els seus enemics
per a declarar-li la guerra.

23. Incendi a palau

Temps després, vaig tornar a fer-li un gran favor,
a l'emperador.
Una nit vaig sentir que la gent cridava davant de la meua porta.
Eren centenars, i cridaven: «Foc!, Foc!»
Alguns servents de l'emperador
van venir a demanar-me ajuda
perquè hi havia un incendi a les habitacions de l'emperadriu.

Em vaig alçar d'un salt i vaig córrer cap a palau.
Com que hi havia lluna plena,
hi veia molt bé i no vaig xafar ningú pel carrer.

A palau, la gent s'anava passant poals d'aigua
que abocava sobre el foc.
Em vaig posar a llançar l'aigua per ells.
Però els poals eren de la mida d'un didal
i no aconseguien apagar les flames,
cada vegada més altes i violentes.

Tots estaven desesperats i ja donaven per perdut el palau.
I hauria quedat completament destruït
si jo no arribe a tenir una idea que va salvar-lo.

Es diu que són **diürètics** els aliments o les begudes que et fan venir ganes d'orinar.

La nit abans havia begut molt,
d'un vi deliciós i molt **diürètic**.
Tenia la bufeta de l'orina ben plena,
i vaig comprendre que, si la buidava sobre les flames,
aconseguiria apagar el foc.

Així ho vaig fer, i amb tanta quantitat i destresa,
apuntant sobre els llocs més adequats,
que en 3 minuts l'incendi va quedar apagat.
Havia salvat el palau de la destrucció!

No vaig esperar a rebre les felicitacions de l'emperador
perquè no estava segur que li agradara massa
la manera com havia apagat el foc.

Jo sabia que la llei prohibia orinar en el recinte de palau.
Em vaig tranquil·litzar en rebre un misatge de l'emperador
en el qual em deia que em perdonava.
Però no era cert. No em va perdonar mai.

A l'emperadriu li repugnava
la manera com havia apagat el foc
i no volia viure més allí.

Es va traslladar a unes altres habitacions,
les més allunyades d'aquell indret.

A més, va prohibir que ningú no tornara a utilitzar-les
ni que es repararen els danys causats per l'incendi.
Davant de les persones de la seua confiança
no dissimulava l'odi que em tenia
i les seues ganes de venjar-se.

24. Lleis i costums de Lil·liput

Els Lil·liputencs tenen unes creences molt curioses.
Per exemple, enterren els morts de cap per avall,
perquè creuen que algun dia ressuscitaran
i que d'aquí a uns 900 anys la terra s'haurà capgirat.
Així quan ressusciten ja estaran drets.

Les persones amb estudis no s'ho creuen,
però tothom segueix aquesta tradició.

Algunes lleis de Lil·liput són totalment contràries
a les del meu país.
Si algú acusa una persona
i es demostra que l'acusació era falsa,
condemnen a mort l'acusador
i li regalen els seus béns a l'acusat.

El càstig per estafar és el mateix que per robar, la mort.
I és perquè es pensen que per als homes és més fàcil
protegir els seus béns dels lladres
que defensar-se de les mentides i els enganys.
Un estafador pot arruïnar una persona honrada.

Una vegada vaig demanar que perdonaren un home
que havia fugit amb els diners
que li havia confiat el seu amo.
L'emperador va quedar molt sorprés
que el defensara d'una falta tan greu
com era abusar de la confiança d'una persona.

Vaig sentir vergonya i només vaig poder dir
que cada país té els seus costums i les seues lleis.

A Lil·liput castiguen els culpables,
però també recompensen els qui compleixen la llei.
Per exemple, si pots demostrar
que has complit les lleis durant 73 mesos seguits,
et donen diners.
Fins i tot, poden afegir el títol de «Legal» al teu nom,
encara que aquest títol no passa de pares a fills.

També consideren molt important
que els homes es mostren agraïts a qui els ha fet algun favor.
El càstig per no ser agraït és la mort,
perquè si una persona torna mal per bé,
és com si fóra enemiga de tots els humans
i no mereix viure.

L'estàtua que a Lil·liput representa la Justícia
és la figura d'una dona que té 6 ulls:
dos al davant, dos al darrere i un a cada costat del cap.
Significa que la Justícia ho pot veure tot.
Amb la mà dreta sosté una bossa d'or oberta
i amb l'esquerra, una espasa embeinada.
Vol dir que està més disposada a recompensar que no a castigar.

En aquest país es pensen que per a ocupar un càrrec públic
és més important ser bona persona que ser intel·ligent.

Creuen que els governs són necessaris a tot arreu
i per això els sembla impossible
que només puguen governar les persones molt intel·ligents,
que, com és sabut, són poques.
Si fóra així, Déu n'hauria creat més, de persones intel·ligents.

Creuen que qui millor pot servir un país
són els homes justos, honestos, sincers i virtuosos
i que a més tinguen experiència i bones intencions.
Els lil·liputencs es pensen que sempre són pitjors
els errors d'un home intel·ligent, però corrupte,
que els d'un home ignorant, però ple de bones intencions.

Els emperadors de Lil·liput sempre han dit
que ells són els representants de Déu.
Per tant, ningú que no crega en Déu
pot ocupar un càrrec públic o treballar per a l'emperador.

Però els governants de Lil·liput
no sempre apliquen correctament el que diuen les lleis.
Cap llei no diu que per a ocupar un càrrec públic
siga necessari saltar i ballar sobre la corda fluixa.
Tampoc preveu donar premis
als que salten o passen per davall d'un bastó,
com jo he vist que fan.

Aquests costums absurds els va imposar l'avi de l'emperador.
Amb el temps s'han anat estenent
i tots els partits que pugen al poder
s'ho passen molt bé amb aquestes cerimònies.

25. L'educació dels fills

La gent de Lil·liput
també té idees molt diferents de les nostres
pel que fa a l'educació dels xiquets.
Es pensen que els pares no són els més indicats
per a educar els fills.
Per això, quan tenen 20 mesos els ingressen en escoles
on els professors se n'encarreguen de l'educació.

Xiquets i xiquetes van a escoles diferents.
Als uns i als altres se'ls envia a escoles
que es corresponguen amb la seua categoria social.

Els xiquets de famílies nobles
tenen professors molt ben preparats.
Els ensenyen a ser justos, valents i generosos,
a creure en Déu i a estimar la pàtria.
Fan moltes activitats i exercicis físics.
Juguen en grups, però sempre vigilats per un professor,
i no poden parlar amb els servents.
Vesteixen i s'alimenten de forma senzilla.
Els servents els vesteixen fins que tenen 4 anys.
Després es vesteixen sols.

Els pares poden visitar els fills durant una hora,
dues vegades l'any.
Poden fer-los una besada quan arriben i quan se n'acomiaden.
Un professor està sempre davant
per a evitar que els pares els diguen paraules afectuoses,
secrets a cau d'orella o que els donen joguets i dolços.

Els fills de mercaders, artesans i homes de negocis
van a unes altres escoles, que funcionen de manera semblant.
Els bons estudiants continuen a l'escola fins a 15 anys
i els altres n'ixen a 11, per a anar a aprendre un ofici.

Les escoles per a xiquetes de bona família
són quasi iguals que per als xiquets.
Fan exercicis físics més suaus que els xics
i reben el mateix nivell d'educació,
que tampoc és molt alt.

Fins a 5 anys les vesteixen les serventes.
Després han de saber-ho fer soles.
Si les serventes els expliquen bajanades o històries de por,
les assoten públicament,
les tanquen a la presó durant un any
i les desterren lluny de Milendo.
De grans les xiquetes han de ser igual que els homes
i per això se'ls ensenya a ser valentes i intel·ligents.
Així, quan envelleixen i ja no són tan boniques,
poden seguir sent unes bones companyes per als marits.

Totes les famílies han de pagar una quantitat
per l'educació dels fills.
Es pensen que no és just portar fills al món
perquè els mantinga l'Estat.

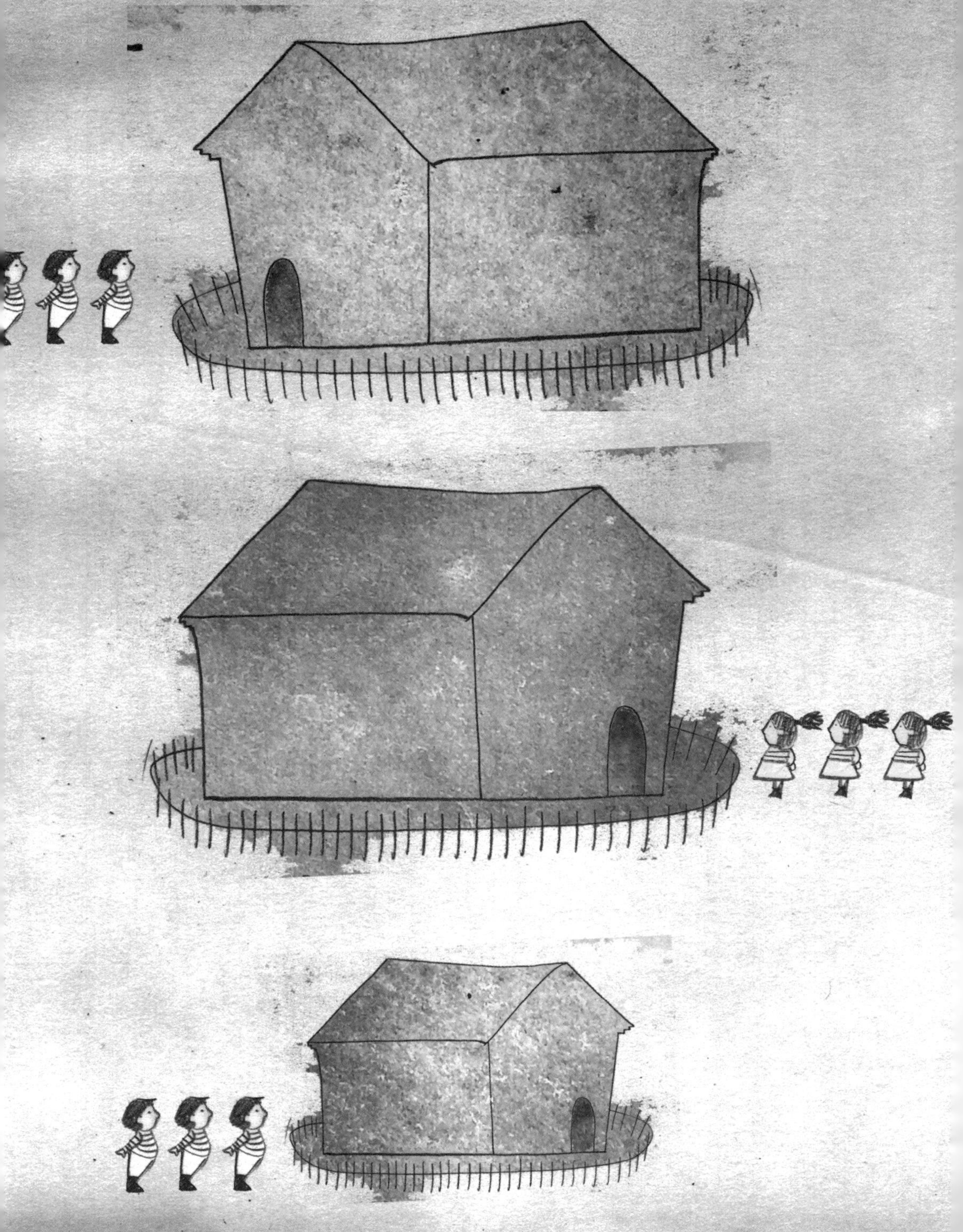

Les xiquetes tornen a casa a 12 anys,
l'edat en què ja es poden casar.

Sovint ploren en acomiadar-se de les professores,
a les quals els pares mostren el seu agraïment
pels esforços que han dedicat a educar les filles.

Les xiquetes de famílies pobres van a escoles
on aprenen a fer els treballs de casa.
Si volen fer un ofici deixen l'escola a 7 anys
i la resta de companyes, a 11 anys.

Els fills dels llauradors i dels grangers no se'n van de casa
perquè el que han d'aprendre no els ho poden ensenyar a l'escola.

26. La meua vida a Lil·liput

Feia 9 mesos i 13 dies que vivia a Lil·liput.
Com que m'agrada fer treballs manuals,
em vaig fer una taula i una cadira
amb la fusta dels arbres que vaig tallar al parc.

200 modistes em van fer unes quantes camises,
llençols i tovalloles.
Van utilitzar la roba més forta que van trobar,
però, malgrat tot, era molt prima.
Havien de cosir tres peces juntes, l'una sobre l'altra,
perquè fóra més forta.

Per a fer-me les camises em van prendre les mides
estirat al terra.
Una modista se'm va col·locar al coll i l'altra al braç.
Cada una sostenia l'extrem d'una corda
mentre una tercera la mesurava
amb un regle de 2 centímetres de llarg.

Eren bones cosidores
i les camises que em van fer m'anaven perfectes.

Per a fer-me una jaqueta van venir 300 sastres.

Aquesta vegada em vaig agenollar
i un es va enfilar fins al coll
des d'on va deixar caure una corda tan llarga
com llarga havia de ser la jaqueta.

Feien la roba a ma casa,
perquè les altres cases eren massa menudes.
Quan la roba va estar acabada me la vaig posar.

Feia un efecte molt estrany
perquè estava feta amb molts retallets de roba,
encara que tots eren del mateix color.

Cada dia 300 homes cuinaven per a mi.
Vivien amb les famílies en cabanyes menudes
a prop de casa meua.
Cada home cuinava dos plats al dia.

Amb la mà pujava els 20 cambrers
que em servien a taula.
100 més treballaven a terra.
Anaven portant plats i bótes de vi
que sostenien sobre l'esquena
fins que els de dalt de la taula els en demanaven.
Aleshores els feien pujar amb unes corrioles
com les que es fan servir al meu país
per a pujar els poals dels pous.

Cada un dels plats equivalia
a una mossegada de les meues
i amb sol glop buidava una bóta de vi.

Un dia l'emperador, la seua família i Flimnap,
el ministre de Finances, encuriosits per saber com vivia,
van venir a casa a sopar.

Els vaig pujar dalt de la taula
i els vaig fer seure en cadires especials
per a ocasions tan importants,
amb tota la guàrdia al seu voltant.
Els sorprenia veure que podia menjar grans ocells
tots d'un colp i que fins i tot me'n menjava els ossos.

Vaig sospitar que em feien aquella visita
per algun motiu que no em deien.
I així era.
Flimnap, el ministre de Finances,
volia demostrar a l'emperador que jo menjava molt
i que l'Estat no tenia prou diners per a mantenir-me.
Sempre que en tenia ocasió, aconsellava l'emperador
que em fera fora.
Però davant meu dissimulava,
i era més amable i simpàtic que ningú.

Flimnap tenia un altre motiu per a anar en contra meua.
Li havien dit que la seua dona estava enamorada de mi
i que em visitava en secret.
Jure que ella mai no va venir a veure'm sola.
Però Flimnap va creure aquests rumors i estava gelós.

27. Estic en perill

Jo no m'havia relacionat mai amb persones de la cort,
perquè vinc d'una família humil.
Havia sentit parlar i llegit molt sobre la manera de ser
de prínceps i de ministres
i del mal que podien fer als súbdits.
Però pensava que a Lil·liput,
on les lleis eren tan diferents dels països d'Europa,
això no passava.

Aviat vaig veure que m'equivocava molt.
Ara us explicaré com vaig descobrir
que un grup de consellers volien acabar amb mi.

Quan em preparava per a anar a Blefuscu,
després que l'emperador m'ho autoritzara,
una nit van tocar a la porta de casa.
El meu servent va anar a veure qui era.
Va tornar i em va dir
que era un dels oficials de l'emperador.
No havia volgut dir qui era.
Volia parlar només amb mi.

Vaig entendre que aquella persona
venia a visitar-me en secret.
Vaig anar a rebre'l a la porta i vaig veure
que era un oficial al qual jo li havia fet molts favors.

Vaig agafar-lo i me'l vaig posar a la butxaca,
perquè ningú poguera veure'l.
Després vaig tancar la porta.
Per evitar que vingueren a molestar-nos,
vaig dir al meu servent que si venia algú
li diguera que estava malalt i que me n'havia anat a dormir.

Vaig posar l'oficial damunt de la taula
per parlar còmodament amb ell.
Semblava molt preocupat.
Em va demanar que l'escoltara atentament.

—El consell s'ha reunit diverses vegades a la cort
per parlar de tu —va començar a explicar-me—.
L'Almirall del regne sempre t'ha odiat,
i més encara després de la teua victòria contra la gent de Blefuscu.
Ell hauria volgut véncer-los en una batalla,
i així sentir-se admirat
per l'emperador i els ciutadans de Lil·liput.

—Ja saps que l'emperador està enfadat amb tu
perquè no vas voler destruir tots els vaixells de Blefuscu,
i no li agrada gens que ara vulgues anar-hi.
Tem que t'alies amb l'emperador de Blefuscu
per a destruir Lil·liput.
L'Almirall, el ministre de Finances i uns quants més,
i també un general de l'exèrcit,
t'acusen de ser un traïdor i un desagraït
i et volen condemnar a mort.

—Tu sempre t'has portat bé amb mi i m'has fet molts favors,
per això he vingut a explicar-t'ho
i t'he portat una còpia de les coses que han escrit contra tu.

28. Una llista d'acusacions

Va treure un tros de paper llarg.
Hi havia escrites totes aquestes coses:

«1. Segons l'antiga llei, ningú pot orinar als jardins del palau.
L'Home Muntanya ho va fer
sobre les habitacions de l'emperadriu,
amb l'excusa d'apagar el foc.»

«2. L'Home Muntanya va portar els vaixells
de Blefuscu a Lil·liput.
El nostre Emperador també li va demanar
que portara els vaixells restants
i que sotmetera la gent de Blefuscu.
Però l'Home Muntanya s'hi va negar.
Deia que la gent de Blefuscu no havia fet res roí.»

«3. Quan van arribar els ambaixadors de Blefuscu,
l'Home Muntanya va conversar
i riure molta estona amb ells,
tot i saber que fins feia poc
el seu país estava en guerra contra el nostre.»

«4. L'Home Muntanya prepara un viatge
a l'imperi de Blefuscu.
Els nostre emperador no ho ha autoritzat per escrit,
només de paraula.
És clar que l'Home Muntanya vol aliar-se
amb l'emperador de Blefuscu
i ajudar-lo a lluitar contra nosaltres.»

Hi havia escrites moltes més acusacions,
però aquestes eren les més importants.

—Sa Majestat l'Emperador —va continuar el meu visitant—
no vol matar-te.
En les discussions amb els ministres i oficials,
t'ha defensat i ha recordat els serveis que li has prestat.
Però l'almirall del regne i Flimnap, ministre de Finances,
insisteixen a matar-te.
Volen incendiar casa teua mentre estigues dormint
i que, al mateix temps, 20.000 soldats et vagen disparant
fletxes enverinades.

Vaig saber que Reldresal, ministre de l'Interior i amic meu,
va admetre que jo havia comés delictes greus.
Però va recordar tots els serveis que jo havia fet,
i va demanar que en comptes de matar-me
només em buidaren els ulls.

Així em castigarien pels meus delictes,
i tothom veuria que l'emperador era just i generós,
perquè sabia agrair els favors que jo li havia fet.

Una vegada cec, jo no seria perillós.
Tampoc perdria la meua força
i podria seguir servint l'emperador.

Però ningú no va estar d'acord amb aquesta proposta.
L'almirall estava furiós i li deia:
—Vols ajudar un enemic de l'emperador?
Vols permetre que continue viu?
Aquest home va orinar sobre les habitacions de l'emperadriu
amb l'excusa d'apagar el foc.
Si volguera, podria tornar-ho a fer sobre el palau
i ofegar-nos a tots.
Va arrossegar fins al nostre port els vaixells de Blefuscu,
per tant també els hi pot tornar quan vulga.
De segur que deu ser partidari de trencar l'ou
per l'extrem més ample.
És perillós. Ha de morir.

—Flimnap, el ministre de Finances,
va seguir parlant el meu visitant,
també va insistir en el fet què has de morir,
perquè és molt car mantenir-te.

—Reldresal, el teu amic i ministre de l'Interior,
va suggerir aleshores que podem donar-te menys menjar
i així t'aniràs afeblint,
fins que estaràs tan dèbil que et moriràs.
Com que perdràs molt de pes,
una vegada mort serà fàcil que entre 5.000 o 6.000 súbdits
et separen la carn dels ossos, la tallen a trossos
i els enterren lluny de la ciutat,
per a evitar una infecció.
Podríem conservar el teu esquelet per a mostrar-lo a la gent,
ara i en el futur.

—Quasi tothom estava d'acord en això.
Només l'almirall no hi estava d'acord.
Ell volia matar-te de seguida!

29. La generositat de l'emperador de Lil·liput

El meu visitant va continuar explicant-me quin era el pla.

—D'aquí a 3 dies, —va dir— Reldresal, el ministre de Finances,
vindrà a casa teua.
T'explicarà que l'emperador et dóna un tracte de favor
perquè et salva la vida i només et condemna a deixar-te cec.
20 cirurgians de Sa Majestat controlaran
que tot es faça correctament.
T'hauràs d'estirar en terra i et dispararan fletxes als ulls.

—Això és el que t'explicarà l'oficial.
No et dirà que deixaran de donar-te menjar,
perquè muires de gana.
Ell et voldrà fer veure que l'emperador és un bon amic teu
i que has d'estar-li agraït perquè no et condemna a mort.

—Per favor pensa molt en les meues paraules
i fes el que cregues millor.
Ara me n'he d'anar, tan en secret com he vingut—
va dir mentre se n'anava.

Vaig agrair a aquest vertader amic la seua ajuda
i el vaig posar fora de casa amb molt de compte.

Quan el meu visitant se'n va haver anat
em vaig quedar trist i molt preocupat.

L'emperador tenia un costum estrany.
Sempre que condemnava algú a mort,
feia un llarg discurs
en el qual es presentava com un home bondadós i sensible.
Publicaven aquest discurs i el feien arribar
a tots els súbdits del regne.

Tothom quedava aterrit quan llegia
algun d'aquests discursos.
Sabien que com més llarg era
i com més insistia en la bondat de l'emperador,
més innocent era el condemnat
i més cruel el càstig que li aplicaven.
Així ho va fer també aquesta vegada.
Ara tothom sabia
que Sa Majestat l'Emperador planejava algun càstig temible.

Jo no podia entendre
que buidar-me els ulls demostrara la bondat de l'emperador,
potser perquè no entenia com funcionaven les coses a palau.
A mi em semblava un acte molt cruel.

No sabia què fer.
Primer de tot vaig pensar demanar a l'emperador
que em perdonara.
Potser seria generós amb mi,
però sabia que els meus enemics no ho serien.
Ells no el deixarien ser generós.

Després vaig pensar a enfrontar-me a l'exèrcit de l'emperador
i destruir la ciutat a pedrades.

Però vaig recordar els juraments que havia fet a l'emperador,
els favors que m'havia fet
i el títol de Nardac que m'havia concedit.
Aleshores jo no sabia que en casos tan greus,
la gent de palau no es considera obligada
a complir les promeses que ha fet.

Al final vaig decidir anar cap a Blefuscu,
aprofitant que l'emperador m'havia donat permís per a fer-ho.
Vaig escriure una carta al meu amic Reldresal,
ministre de l'Interior,
per a explicar-li-ho.

30. A Blefuscu em reben molt bé

L'endemà al matí vaig anar al port de Lil·liput.
Vaig agafar un dels vaixells de guerra de l'emperador,
vaig posar-hi la meua roba i tot el que tenia
i vaig arrossegar-lo fins a Blefuscu.

Al port m'esperava molta gent
i dos guies em van acompanyar fins a la capital,
que també tenia el nom de Blefuscu.

Vaig demanar-los
que anunciaren al rei de Blefuscu la meua arribada.
Una hora més tard, el rei amb la seua família
i tota la cort eixien a rebre'm.

No estaven gens espantats de la meua presència.
Vaig estirar-me al terra per besar la mà del rei i de la reina
i posar-me al seu servei,
sense esmentar el que em volien fer a Lil·liput.
Van ser molt amables amb mi.
Només vaig tenir problemes a l'hora de trobar un lloc per a dormir.
Finalment, vaig haver de dormir en terra.

Tres dies després de la meua arribada a Blefuscu
vaig anar a caminar per la costa.
A uns 300 metres, vaig veure una cosa estranya.
Em vaig llevar les sabates i els calcetins
i vaig ficar-me a l'aigua per acostar-m'hi.
Era una barca, però havia bolcat
i flotava amb la quitlla cap per amunt.
Potser un gran vaixell l'havia perdut durant una tempesta.

Vaig tornar a la platja i vaig demanar al rei
que em deixara 20 vaixells i 3.000 mariners
per ajudar-me a portar la barca cap a la costa.
Me'ls va concedir.

Vaig tornar a entrar a l'aigua i vaig nadar fins a la barca;
vaig subjectar la barca amb unes cordes
que jo mateix havia trenat
i que vaig lligar als vaixells que m'acompanyaven.
Entre tots vam arrossegar la barca fins a la costa.

Després 2.000 homes amb cordes i màquines
em van ajudar a girar la barca.
No estava massa feta malbé.
Milers de persones van venir a veure-la.
Era la barca més gran que mai no havien vist.
Vaig demanar a l'emperador de Blefuscu
que em permetera arreglar-la.
Així la podria fer servir per a tornar al meu país,
si ell em deixava anar-me'n.
L'emperador hi va estar d'acord.

31. Em prepare per a anar-me'n

Els 10 dies següents vaig estar treballant per a construir uns rems.

Durant tot aquest temps no vaig saber res de Lil·liput.
Un dia, va arribar un missatge.
Era de l'emperador de Lil·liput.

«Volem l'Home Muntanya», deia el missatge.
«Ha fugit de la justícia,
però ell sap que ens volem portar bé amb ell
i que només li buidarem els ulls.
Demanem a l'emperador de Blefuscu que ens el torne
lligat de peus i mans.»

L'emperador de Blefuscu s'ho va pensar durant 3 dies.
Va parlar-ne amb els consellers
i finalment va enviar un missatge a l'emperador de Lil·liput.

En el missatge deia:
«Ens és impossible enviar-vos aquest home lligat,
perquè no el podríem moure.
Ha trobat una barca que és de la seua mida
amb la qual vol tornar al seu país.

El deixarem anar-se'n.
És el millor per a tots, perquè alimentar-lo
ens costa massa diners.»

L'emperador de Blefuscu
em va explicar el contingut del missatge.
I també es va oferir a protegir-me
si en comptes d'anar-me'n
volia quedar-me per a servir-lo a ell i al seu país.
Semblava sincer, però jo havia perdut
tota confiança en prínceps,
ministres i governants en general.

Li vaig donar les gràcies i vaig insitir a anar-me'n
per a intentar tornar al meu país.
Ho va entendre molt bé.

Va posar a treballar 500 persones per a fer dues veles
i jo vaig trenar 20 o 30 de les seues cordes més fortes
per a fer-ne una de sola.
Vaig lligar-la a una gran pedra, que faria servir d'àncora.

Vam utilitzar el greix de 300 vaques
per a impermeabilitzar la fusta del vaixell
i evitar que s'hi filtrara l'aigua.

Després d'un mes tot estava a punt per a anar-me'n.
L'emperador i la seua família van eixir a acomiadar-me.
Em va donar 50 bosses, cada una amb 200 monedes d'or.
També em va donar un retrat seu.

Vaig carregar a la barca 100 bous i 300 ovelles ja cuinats,
a més de pa, vi i tot el menjar
que em van poder preparar 400 cuiners.

I també 6 vaques i 2 bous vius,
i la mateixa quantitat de corders i d'ovelles,
per a fer-los criar quan arribara al meu país.
Per a alimentar-los durant el viatge,
vaig carregar herba seca i cereals.

Volia endur-me una dotzena de nadius,
però l'emperador s'hi va negar
i em va fer revisar totes les butxaques abans de deixar-me marxar.

32. Torne a Anglaterra

Vaig fer-me a la mar el 24 de setembre de 1701,
a les 6 de la matinada.
Havia navegat unes 12 milles cap al nord,
quan vaig veure un illot.
Semblava deshabitat.
Vaig acostar-m'hi i vaig deixar la barca
ancorada prop de la platja.
Vaig menjar una miqueta i després em vaig posar a dormir.

Devia dormir unes 6 hores.
Quan em vaig despertar encara no havia eixit el sol.
Vaig esmorzar i després de recuperar l'àncora
vaig seguir navegant nord enllà.
Estava segur que si seguia aquest rumb
arribaria a unes illes que hi ha al nord d'Austràlia.

El tercer dia vaig veure un vaixell, encara que molt lluny.
Temia que ningú em veiera,
però em vaig adonar que el vaixell se m'apropava.

No puc descriure l'alegria i la il·lusió que vaig sentir.
Finalment podria tornar al meu país
i veure la meua família!
Entre les 5 i les 6 de la vesprada del 26 de setembre
el vaixell va arribar al meu costat.
Algú em va llançar una corda amb una escala
i vaig pujar a bord.
A la butxaca m'hi havia posat les vaques i les ovelles.

Era un vaixell anglés que tornava del Japó.
Tenia 50 tripulants i el seu capità es deia John Biddell.
Era una persona molt educada i un mariner excel·lent.

El metge del vaixell era un vell amic meu.
Es deia Peter Williams.
Li va parlar molt bé de mi, al capità,
que era molt amable, i em va demanar
que li explicara d'on venia i cap on anava.

Li vaig explicar tot el que m'havia passat,
però al principi no em creia.
Es pensava que m'havia tornat boig
per culpa del perills que havia passat.

Però vaig traure els animals que duia a la butxaca
i els els vaig mostrar.
Es va quedar sorprés. No podia creure-s'ho.
També li vaig ensenyar
les monedes d'or de Blefuscu i el retrat del rei.
Finalment el capità Biddell em va creure.

Li vaig donar dues bosses, cada una amb 200 monedes d'or.
També vaig prometre donar-li una vaca i una ovella.
quan arribaren a Anglaterra.

Havia de tenir cura d'aquells animalets.
El menjar que portava per a ells prompte se'm va acabar.
Per sort, el capità em va donar algunes galetes
que, triturades i barrejades amb aigua,
els van servir d'aliment fins a arribar a Anglaterra.

El 13 d'abril de 1702 vaig arribar a Anglaterra.
Quasi tots els meus animals van arribar sans.
Només havia perdut un corder perquè se l'havia menjat una rata.

En desembarcar, vaig portar el ramat a pasturar en un prat
i em va tranquil·litzar veure que els agradava aquella herba.

Vaig ensenyar aquests animals a molta gent d'Anglaterra.
Tothom, ric o pobre, volia veure'ls.
D'aquesta manera vaig aconseguir molts diners.
Quan vaig deixar Anglaterra per fer un altre viatge,
els vaig vendre per 600 lliures.

Només vaig estar dos mesos amb la dona i la família.
Em vaig adonar que necessitava viatjar.

Vaig comprar una bona casa per a la meua dona
i li vaig donar 1.500 lliures.
El meu oncle m'havia regalat una finca
que vaig llogar per 30 lliures l'any.
També tenia una taverna a Londres,
que vaig llogar per una quantitat semblant.
Amb tot això, la meua família podia viure perfectament.

Johnny, el meu fill, anava a escola i era un bon estudiant.
La meua filla, Betty, que ara ja és casada i té fills,
aprenia a cosir. Li agradava ajudar en les feines de casa.

Ens vam acomiadar i tots quatre vam plorar.
Vaig pujar a bord de l'*Aventura*,
un vaixell que anava cap a Surat, a l'Índia.
El que em va passar en aquell viatge
ho explicaré en un altre llibre.